The 13-Storey Treehouse

瘋狂樹屋13層

· 安迪和他的祕密實驗室 ·

安迪・格里菲斯 Andy Griffiths 著

泰瑞・丹頓 Terry Denton 繪

鄭安淳 譯

大朋友小朋友都推薦！
假如我有樹屋……

兒童文學作家 王文華

　　假如我有樹屋，它以椰子殼打造，隱在叢林，可以升降。白天，它在叢林高處，打開它，像桃太郎坐在桃中，享受清風，有皮質沙發，四周擺滿值得我一讀再讀的書。我在森林裡閱讀，斑駁陽光記錄我的讀書進度。

　　夜晚，樹屋升至叢林上方，雲霧降至林底，我是夜之王，這樣的樹屋不必準備燈光，打開椰子殼屋頂，我在星光下識察宇宙洪荒，梳理人世奧祕，並在月光中，酣然入夢。

　　唯一煩惱的是：樹屋沒有廁所（誰在樹屋裡準備馬桶呢？），我得練就猿猴本事……

《遜咖日記單字本》作者 吳碩禹

　　翻開《瘋狂樹屋屋13層》就像翻開了孩子的塗鴉書，在這樹屋，所有想像都可能成真。故事中的一頁頁圖文彷如磚瓦，在「家」這個看似現實的場景中，層層搭建出孩子們心中最奇幻的各種想像：從飛天金絲貓、海妖、海猴到香蕉放大器、棉花糖噴射機和蔬菜消滅機。

　　打開此書，就像邀請了兩位活潑的說書人親臨現場，細細道來他們親身經歷過的諸多爆笑事蹟，讓人忍不住捧腹一路讀到最後一頁。

故事屋創辦人 張大光

噓，我夢想中的樹屋，你們是找不到的。

因為，要對守在樹下的猴子大王說通關密語：吱、吱吱吱吱、吱吱，並且獻上一根好吃的香蕉，猴子大王才會讓你上去。還有，爬到一半，松鼠會從他的家爬出來聞聞你身上有沒有危險的味道，如果味道不對，松鼠會出動大軍把你趕下去。

當然，如果你真的上來了，你會發現，你可以盪全世界最長的鞦韆，還可以坐上特製的松果翹翹板。玩累了，我會帶你去樹屋最高的地方，那可是我藏冰淇淋的地方，你可以吃到各種口味的冰淇淋哦！

但是，請你記得，千萬不能跟別人說，不然……

老ㄙㄨ老師 蘇明進

如果我有一個樹屋，它肯定不會像《瘋狂樹屋13層》這麼瘋狂。它的出口，大概只會是一個不起眼的溜滑梯。坐著往下溜，在快速旋轉到第十三圈後，會嘩啦一聲，滑進《瘋狂樹屋13層》書中的第一層透明游泳池裡。

也許，還會有一個景觀台，超沒創意的就跟書中的景觀台沒兩樣。不過它或許有個按鍵，只要按了上升鍵，它就會在十秒內飛快衝出大氣層，飄浮在宇宙裡，靜靜欣賞流星劃過眼前。

除此之外，它就真的很不特別了。我只能待在自己的樹屋裡，摘著窗外伸進屋內的蘋果、櫻桃和荔枝。一邊吃著滿嘴的水果，一邊羨慕著安迪和泰瑞的《瘋狂樹屋13層》。

噢，我的樹屋未免太不瘋狂了，還是來讀讀這本書吧！

邱麒文 臺北市國語實小

　　如果我有屬於自己的樹屋，我希望它的外圍種滿了香蕉樹。香蕉樹能吸引一大堆調皮的猴群，牠們會到處亂丟吃完的香蕉皮，或把香蕉當迴力鏢把玩。如果小偷闖進來破壞，不是跌得狗吃屎，就是被打到眼冒金星。樹屋裡有一道超長且繞來繞去、九彎十八拐的溜滑梯，從上往下，每隔十公尺就有特別設計的房間，總共五十間。當你進入最後一間房間，會看到一個比人還大的可樂瓶，你必須跳進去，切記要攜帶一整袋曼陀珠。一瞬間，可樂汽水立刻爆出瓶口，像一個大噴泉，你會被可樂沖往一個神祕之地，那就是我的祕密基地。它是二十一世紀科學研發基地，裡面放滿生化武器，還有一台隨身追蹤導航與你並肩而行，以免你迷路。

　　此外，樹屋可能會有極大的噪音，我飼養的啄木鳥為了幫樹屋醫治，會不停的「叩叩叩」。如要在此地休息或借住，請自行負責耳朵的保養。當然，如果你要離開，必須一層層的爬上樓梯，不然就得將樹屋調成無重力狀態，穿太空服飛上去。

　　你想來嗎？歡迎光臨！

劉育翔 臺北市國語實小

　　如果你在樹林間發現一艘巨大飛碟，歡迎你來參觀，那就是我的樹屋！

　　我的主臥房是挑高的樓中樓形式，在四到五樓，有「計時鬧鐘床機器人」。每天早上七點，床會上下左右搖擺，如果還不起床，它就會向上升，我就會連滾帶滑的下床，然後掉進一個裝滿冰水的池子裡，瞬間腦袋清醒！來到三樓，這裡設置「懶人淋浴間」。淋浴間有洗澡機器人，當我踏進浴缸裡，機器人就開始放洗澡水，只需嘴巴說「熱一點、冷一點！」就能調節溫度。接著它會啟動按鈕，水柱四射齊發，不一會兒，全身清潔溜溜，通體舒暢！二樓有一個「變形金剛機器人」，可以任意將它放大縮小。它放大時，可以在它肚子上的小螢幕前玩電動遊戲；縮小時，它可以進入身體裡，分析我的健康狀況，告訴我該運動、減肥或休息，是個貼心的伙伴。一樓有「辨識機器人」，它可以偵測訪客的心跳、呼吸頻率與眼神明亮度。善良的人會被邀請；心存惡念的人一旦靠近就會被警告，希望他能改過向善，才歡迎入屋參觀。

　　歡迎你們來參觀我的樹屋，希望你在這裡有個美好與驚奇的一天！

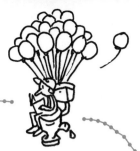

曾子凡 桃園市莊敬國小

　　歡迎來到子凡的樹屋！首先來到我的「點心房」，裡面的點心種類應有盡有。當你來訪時，我們會一起在點心房裡品嚐香濃可口的馬卡龍和黑森林蛋糕，再喝上幾杯清新舒暢的香草茶，這些香草可是我剛從外面親手摘下的呢！大夥在裡面談天說地，吃吃點心，好不開心！

　　下午茶後，我帶著你們去參觀「實驗室」。我發明了各式各樣的機器，其中最引以為傲的，是幫助記憶變更好的機器，閒來無事就可以用它來複習上課的內容唷！我會解說機器的操作方法，說不定你聽了之後興致勃勃，也想自己動手做一臺呢！參觀完實驗室後，我帶你去頂樓，頂樓是我的「空中樂園」。我們在樹枝間比賽盪鞦韆，看誰盪得高；摘下樹葉做成笛子，吹出輕快悠揚的樂章；玩累了就躺在地板上，感受溫暖的陽光從枝葉茂密的樹蔭間灑下；看鳥兒在樹梢上跳成節奏輕快的音符；看可愛的松鼠急急忙忙的尋找松果啃食、儲藏過冬，這種生活真是愜意極了，不是嗎？

蘇祐生 桃園市莊敬國小

　　假如我有樹屋，我希望它的外觀像坦克車，規模有一個桃園市那麼大，裡面有遊樂園、籃球場、動物園、公園和圖書館等。如此一來不用出遠門，也可以盡情的快樂學習、享受人生。當然，樹屋裡的每項設施也有「特異功能」。例如：可以聽得懂人話，只要你叫它做什麼事，它都一定會以最快的速度完成，而且不只這樣，它還可以飛，不管多遠的國家都一定能到達，速度比飛機還快呢！

　　對了！我忘了說明為什麼樹屋裡要有遊樂場和動物園。首先，因為每次排隊都要很久，而且不一定排得到；再來，遊樂場和動物園的門票實在是太貴了！這就是我想在樹屋裡有遊樂場和動物園的原因！

目次

一本絕對讓你瘋狂的書

◎ 溫美玉 南大附小教師

　　雖然第一時間拿到的不是實際的成書，但《瘋狂樹屋13層》已讓我深深著迷。

　　圖像與文字並重的書已經成為趨勢，尤其在童書界早已不是新聞，如何讓人耳目一新，繼而嶄露頭角，這本書絕對有這等潛力。

舊題材變出新鮮迷人的把戲

　　「樹屋」永遠是人類潛意識夢想的寄託與表徵，所有意想不到的事情，都能由此發生與實現，各大兒童文學名家無不卯足精力，從中挖掘可發揮的素材。本書中，這對最無厘頭的雙人組合，不僅滿足既有想像基礎，更擴大樹屋的功能與瘋狂邊界，在這座超大且無邊無際的十三層樹屋中，盡情的把所有孩子，甚至大人也想要的設備一一設計且繪製出來，接著又在裡頭進行令人嘖嘖稱奇的實驗，充滿了爆笑、驚奇、思考與創意等元素，既是娛樂又是學習。

故事精采，情節峰迴路轉

　　絕少有作家能把現實的工作狀態，巧妙揉織成為筆下

的故事，我的意思是：其實這本書的作家與畫家就是在寫自己的工作故事。

出版社向作者約稿，作家與畫家卻再三拖稿，這樣的情節就出現在本書中。本書一會兒描繪作者、繪者與編輯的三角關係，讓三者角力、合作與衝突活脫脫搬上檯面，使讀者亦能窺見成書背後酸甜苦辣的歷程，但又適時拉回寫故事的「本分」，暫時要與現實脫勾，讓想說的事情成為文學的層次與趣味。

一來一往節奏的掌握讓本書的作家與畫家，也就是書中主角的安迪和泰瑞，總能在讀者發覺之前，快速將場景重回精采的祕密基地：13 層瘋狂樹屋。

角色設定高明

每個人心中都住著天使與魔鬼，眾多讀物也緊緊抓住這幽微的心理變化。書中的安迪恰如其分扮演著天使角色，卻又不斷尊重與包容那大膽、衝動、搞笑、出糗、永遠有鬼點子的泰瑞，這樣的絕妙組合，適時點出我們永遠在天人交戰的生命形態。

第七章「美人魚怪」就表現出兩人互補的角色互動。泰瑞養的「海猴」，真正身分竟是「美人魚怪」，但是一廂情願愛上美人魚的泰瑞，哪管其中潛藏的危機？還好，一向冷靜、機智的安迪，在關鍵時刻幫了泰瑞，一起啟動「海怪縮小機」，解除被吃掉的致命危險。

　　每翻一頁，就期待著泰瑞帶領我們看見不同的人生風景，即使他總是漠視手上該做的急事，總是無事生波瀾，把平靜生活搞得雞飛狗跳，總是無端冒出人生軌道外的刺激挑戰，讓身旁的人忙著滅火善後。但，沒有人能否認，正因為這樣的創新與毀滅，我們有了新的格局與眼界！

超級圖文拍檔：史上超強的超現實圖畫繪製

　　大概很難再找到圖、文、編輯如此水乳交融的三人小組合作案例了。

　　本書作者和畫家不是夫妻或家人關係，卻能呈現比一個人單獨創作更整體的圖文書，這本書應該是文圖的合作經典了。不管從文或圖的角度來讀，都沒有違和感，更沒有主次的分別。作家安迪・格里菲斯創造的樹屋生活，有怪怪保齡球球道、恐怖的鯊魚水槽、可怕又可笑的超級大

猩猩、討厭又超級噁心的美人魚怪、令人不禁想一探究竟的神奇實驗室……族繁不及備載，極盡瘋狂、愚蠢卻又讓孩子捧腹大笑的梗，畫家泰瑞・丹頓都能接招，並且如實將畫面呈現在書中。

相信很多讀者會被此書吸引，一開始絕對是因為泰瑞・丹頓的漫畫風格與實力，這位得獎無數的童書插畫家，完全掌握了小讀者口味，亦不忘展現深度的漫畫境界。泰瑞幫我們揭開了樹屋的神祕面紗，有無比細膩的實驗室、器材設備，還有叫人連連驚嘆的每一層精緻樹屋，當然幽自己一默的無厘頭圖像俯拾皆是。他善用畫面製造緊張與驚喜，有大量留白的想像空間；也不忘填滿紙張，讓人有喘不過氣的窒息或滿足感，不斷投出的變化球，絕對正中這群成長中的孩子的心坎啊！

我迫不及待和班上二年級的寶貝們分享，果然不出所料，造成爆紅與搶讀盛況，可見其中魅力與魔力！所以，還在等什麼？趕緊上《瘋狂樹屋 13 層》一探究竟吧！

第 1 章

瘋狂樹屋十三層

嗨,我叫安迪。

這是我朋友泰瑞。

鉛筆 →

泰瑞 →

我們住在樹上。

噢，當我說「樹上」，

指的是樹屋。

我說的「樹屋」可不是普通樹屋

──是**十三層瘋狂樹屋**！

你還等什麼？

快上來啊！

我們的樹屋裡有保齡球球道

透明游泳池

養滿食人鯊魚的水槽

可以盪來盪去的藤蔓

安迪，我想
那不是藤蔓。

地下祕密實驗室

全是汽水的噴水池

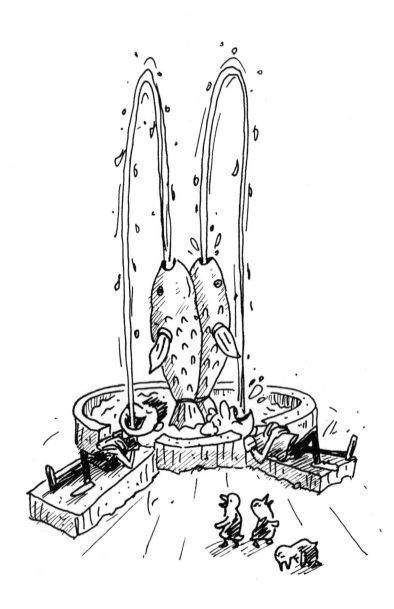

蔬菜消滅機

還有會跟著你到處走的棉花糖機，只要你肚子餓了，它就
會自動把棉花糖投進你嘴裡。

樹屋不但是我們的家，也是我們一起合作寫書的地方。

我寫故事，泰瑞畫插圖。

就像你看到的，我們已經合作好一陣子了。

第 2 章

飛天貓

　　如果你跟我們大多數的讀者一樣，你大概會納悶書裡
的點子都是從哪裡來的。噢，有時候是我們自己想出來的，
其他的是根據實際發生的事。舉例來說，像是這本書。

這一切的開端，是有天早上我起床下樓吃早餐的時候。

泰瑞已經在廚房裡。他正在畫一隻貓。我說「畫一隻貓」，指的不是他在畫一隻貓的圖畫。他在活生生的貓身上畫畫！把牠塗上鮮黃色！

　　「這問題也許很笨，」我說，「可是你幹麼把貓塗成鮮黃色的？」

　　他說：「因為我要把貓變成金絲雀。」

天空↑

雲↓

↓地面

　　我向泰瑞解釋，把貓塗成鮮黃色不會讓貓變成金絲雀，可是他說：「可以啊——看！」他帶著濕答答的貓來到平台邊。

　　我大喊：「住手！」

　　泰瑞高高舉起貓……然後鬆開手。

我白擔心了。貓沒掉下去。牠的背冒出兩片小翅膀，啾啾叫著飛走了。

「看到沒？」泰瑞得意洋洋的轉身。「我早就告訴你了！」

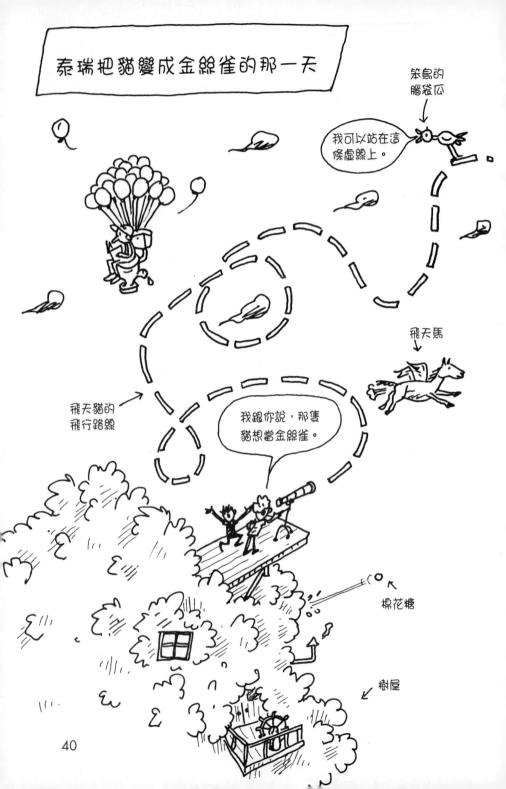

40

第 3 章

貓不見了

　　我們看著那隻貓飛走 …… 我是說金絲雀 …… 事實
上，我想我的意思是金絲貓 …… 直到看不見為止。

　　接著門鈴響了。

我們的鄰居吉兒來了。她住在森林的另一頭，房子裡全是動物。她有兩隻狗、一隻山羊、三匹馬、四尾金魚、一頭牛、六隻兔子、兩隻天竺鼠、一隻駱駝、一匹驢子，還有一隻貓。

「噢哦，」泰瑞說，「她八成是在找她的貓！」

「別告訴我，你剛才變成金絲雀的貓是絲絲！」我說。

「好吧，我不說，」泰瑞說，「不過真的是絲絲。」

這很不妙。吉兒很愛那隻貓。

所有寵物她都愛，可是她最愛絲絲。

「噢不！」我說，「等她知道你做了什麼，她會氣炸了！」

「也許我們不該告訴她。」

「好主意！」我說，「假裝我們不在家。」

我們盡量放低身體，
可是樹屋真的很難躲藏。
「不用躲了，」吉兒大喊，
「我聽得到你們說話，
也看得到你們。
絲絲不見了，
不知道你們看到了嗎？」

「沒有，」我馬上說，「牠不在這裡。」

在你認為我是大騙子之前，我想指出一件事：雖然前一句「沒有」嚴格來說是說謊，但下一句「不在這裡」絕對是實話。我相信你會同意，這可以抵消前面的謊話。

「噢，」吉兒難過的說，「好吧，無論如何，我做了尋貓啟事的傳單。可以貼一張在你們的樹上嗎？」

「當然可以，」我說，「最起碼，這是我們能幫上的忙。」（這絕對百分之百也是實話。）

吉兒一離開，我就轉頭告訴泰瑞：「我們必須找到那隻貓！」

　　「你是說那隻金絲雀。」泰瑞說。

　　「隨便啦！」我說，「我們得找到絲絲。」

　　不過我們還沒開始找，視訊電話響了。（沒錯，我們也有一台這玩意兒，而且是3D立體的！）

　　「也許是絲絲打來的。」泰瑞說。

　　「別傻了，」我說，「貓不會打電話。」

　　「說不定啊，」泰瑞說，「你說貓不能變成金絲雀，不就說錯了！」

第 4 章

紅色大鼻子

　　我們飛快跑回樓上。紅色大鼻子將視訊電話的螢幕
塞得滿滿的。喔喔。是我們的編輯「大鼻子先生」打來
的。他很生氣。為什麼我看得出來呢？因為他的鼻子比
平常更大，也更紅。

「我的書呢？」他大吼。

「什麼書？」泰瑞說。

「你們兩個笨蛋一年前說好，上星期五要放在我桌上的那本！」

「噢，」泰瑞說，「已經是上星期五了嗎？」

「上星期五已經過了！」大鼻子先生咆哮，「早就過了，你們的書還沒放到我桌上。」

其實，我們幾乎忘記寫書的事了。我們的進度有點落後。呃，我說「進度有點落後」，意思是進度落後很多。我說「進度落後很多」，意思是進度落後非常非常多。

但是我不會讓大鼻子先生知道。他已經夠氣了，他越生氣，鼻子就越大。要是他鼻子繼續變大，我很擔心它會爆炸。我可不想看他鼻子爆掉，尤其在視訊的 3D 立體畫面上。

上圖：
一位藝術家對大鼻子先生鼻子爆炸的想像示意圖。

「大鼻子先生，沒問題，」我說了謊，「一切都在掌握之中。我們會盡快給你。」

「噢，你們最好在明天下午五點前盡快給我，不然要你們好看！」

「大鼻子先生，別擔心，」我說，「好的，五點前會給你。相信我們！」

泰瑞說：「可是⋯⋯」

泰瑞還沒說出會讓大鼻子先生更生氣的話前，我掛斷了電話。

「你不該跟他那麼說，」他說，「我有很多事要忙，明天不可能完成。看看我這張『要做』清單。我累死了！」

「而且我連『不要做』清單都還沒開始做。」

「先放下你的『要做』和『不要做』清單，」我說，「要是沒完成這本書，我們就等著回猴園吧。」

　　「猴園？」泰瑞看起來嚇壞了。「不要猴園！除了猴園，什麼都好！」

　　你們之中有些人不知道，我跟泰瑞曾在猴園工作。那是有史以來最糟糕的工作。

打掃猴園已經夠糟了……

照顧猴子則更加可怕……

不過最恐怖的工作是：猴子放假休息時，得替猴子代班。

「我不要回猴園，」泰瑞説，「那是我最不想去的地方！」

「你不用回去，」我説，「只要我們搞定好書。走吧，上工了。我們的時間只到明天為止！」

第 5 章

畫圖比賽

　　我們走向廚房餐桌。我們大部分的工作都在這裡完成。
至於去年呢，我們沒在這裡做完多少工作。

但是這種情形很快會改進。我想泰瑞的繪圖冊裡應該有幾張有趣的插畫，可以讓我們起個頭。只要抓出幾張最有趣的圖加上幾句文字，咻咻，一本新書就完成了。輕而易舉，不花力氣。我們畢竟是專業的寫書人。我是說，你在本書第三十四頁見過我們寫的那堆書了。

如果你錯過了第三十四頁
它看起來就是這樣

墊子上的貓很扁

大肥牛爆炸了

就是惡作劇！

就是很煩！

就是笨！

就是蠢了！

就是很噁！

就是可怕！

很壞的書

非常壞的書

就是馬克白！

那隻假恐龍是什麼？

那是身體的什麼部位？

「好啦，」我説，「來看看你畫了些什麼！」

泰瑞打開他的繪圖冊，攤平放在桌上，「這個你會喜歡的。」

一張手指的圖出現在我面前。

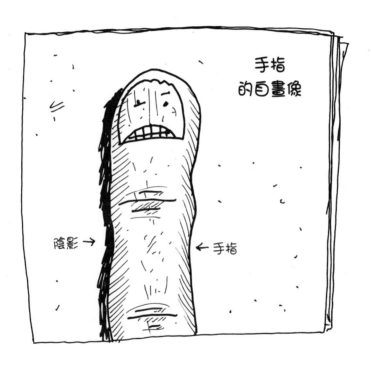

我説：「這只是一張手指的畫。」

「對啊，」泰瑞得意的説，「這不是普通手指……是我的手指。」

「嗯哼，」我説，「還有別的畫嗎？」

「我替我的手指畫了一張特寫，」泰瑞說，「而且加了附注！」

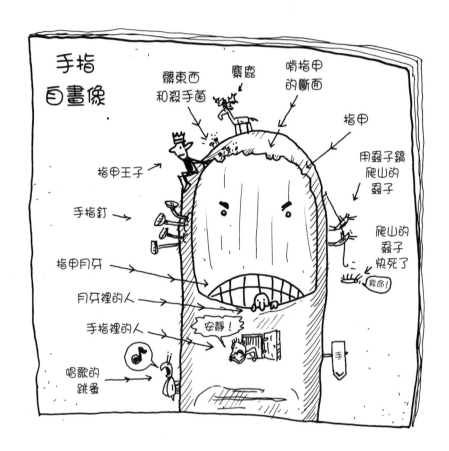

我盯著這張圖。

「怎麼樣？」泰瑞臉上露出大大的笑容。「你覺得呢？蝨子鎬，懂嗎？不是冰鎬⋯⋯是蝨子鎬！」

「嗯，我懂，」我翻到下一頁找別的圖，可是我只看到這張⋯⋯

和這張……

還有這張……

「就這樣？」我說，「兩張圖？你一整年只畫了兩張圖？泰瑞，說實話！你想叫我做全部的工作？又畫圖又寫字？」

「當然沒有，」泰瑞說，「你不會畫畫。」

「我會啊！」我說，「畫圖很簡單。書寫文字才需要真工夫。」

「要是你覺得畫圖那麼簡單，那就來比賽，」泰瑞給我一支鉛筆。

「沒問題！」我說。

首先，我們畫刀子。

「那才不是刀子，」泰瑞說，「這才是刀子。」

接著，我們畫蟲子。

「那才不是蟲子，」泰瑞說，「這才是蟲子。」

哇，我的畫棒到小鳥以為是真的蟲。

再來，我們畫香蕉。

「那才不是香蕉，」泰瑞說，「這才是香蕉。」

「不對，」我說，「那才不是香蕉。這才是香蕉！」
我抓起泰瑞前一天做的大香蕉朝他衝過去。

「安迪，放下那根大香蕉，」泰瑞往後退。

「我會放下來，」我說，「只要你承認我畫得比你好。」

「可是你畫得沒我好。」

「好吧，」我說，「那很抱歉我必須告訴你，我要用
大香蕉打你的頭。」

「除非我先打你！」泰瑞搶走我手中的香蕉，朝我頭上砸下去。

我眼前一片黑。

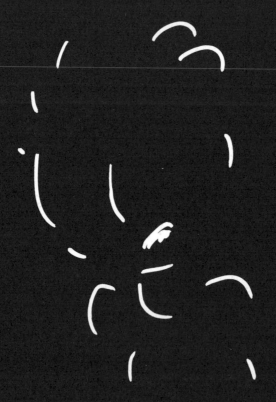

　　接下來我只知道，我全身濕答答的，泰瑞拿著一個空水桶蹲在我面前。

　　「太好了，你沒事！」他說，「我以為我砸死你了。」

　　「我也是，」我說，「我不敢相信你竟然拿大香蕉砸我！」

　　「是你先拿香蕉打我。」

　　我提醒他：「泰瑞，錯上加錯不會變成對的。」

　　「我想也是，」他說，「真對不起。往好處想，至少我在你臉上淋一桶水，救了你一命。」

「可是我現在全身濕答答！」

「總比死掉來得好。」

「我告訴你，」我說，「要是我們繼續浪費時間，沒完成那本書，還不如死了比較好。」

「你的意思是開始寫那本書，」泰瑞説，「你的筆記本裡寫了什麼嗎？」

「事實上，我的確寫了故事開頭，」我說，「而且寫得很棒。」

「太好了，」泰瑞説，「快來瞧瞧！」

我抓起筆記本，開始翻頁。

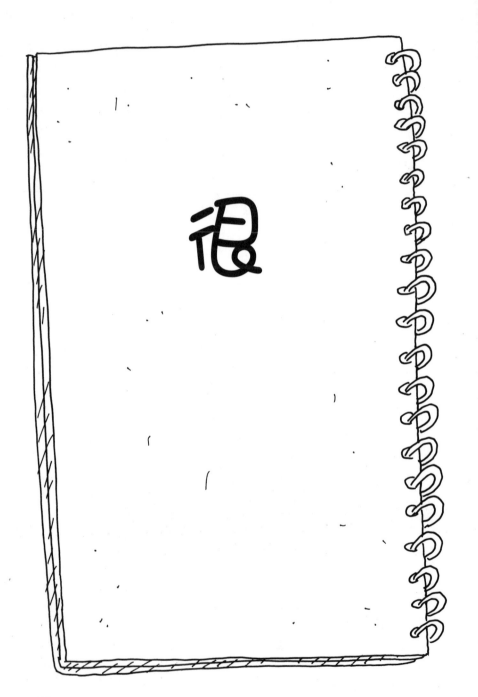

た

前

「起頭真棒！」泰瑞說，「令人激動！接下來呢？」

「不知道，」我說，「我就寫了這麼多。」

「就這些？」泰瑞說，「四個字？」

「是四頁。」我說。

「對啦，但是只有四個字，」泰瑞說，「其中一個字還是錯字。我很確定那個字是『久』，不是『九』。」

「大作家先生，真是不好意思啊！」我說，「要是你這麼會寫故事，你幹麼不寫？」

「因為我最喜歡的電視節目要播了！」泰瑞說。

「我們的書呢？」我問。

「不然我看電視的時候，你寫文字？」

「電視開著我沒辦法寫！」我說，「我不能專心！」

「那就跟我一起看，」泰瑞拍拍他旁邊的懶人沙發。

結果我們沒寫書，反而花了半小時看世上最蠢的電視節目，和節目裡那隻世上最蠢的狗。

不過別光聽我講。

你自己看

第6章

節目：
《汪汪叫的小狗叫汪汪》

完

第 7 章

美人魚怪

懂我的意思了吧？

沒有比這更蠢的電視節目了。

「好啦，泰瑞，」節目總算播完後，我說，「回去工作吧！」

「可是我第二喜歡的電視節目要開始了，」他說，「《嗡嗡叫的蒼蠅叫嗡嗡》！」

「喔不，節目不會播的，」
我抓起遙控器關掉電視。

「嘿，它要播了，」泰瑞從
我手中搶走遙控器，又打開
電視。

「事實上，你會知道，它不
會播出的，」我抬起電視往
樹屋外頭丟。電視砰的一聲
摔到地上。

泰瑞聳聳肩。
「我想你說得對。」他說。

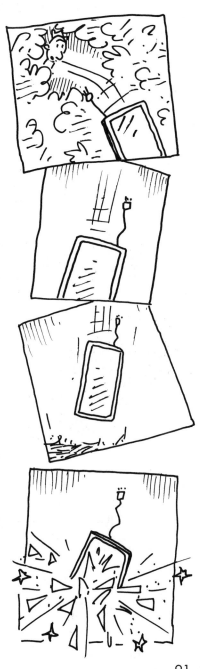

91

「喂！」有個聲音大喊，「差點砸到我頭上！」

哎呀。

我探出窗外一看。

是郵差比爾。

「比爾，對不起！」我說，「這是意外。」

「沒關係，」比爾咯咯的笑，「來十三層瘋狂樹屋送信永遠都要冒險。小泰瑞在嗎？我這邊有他的包裹——是快遞。」

「耶！」泰瑞衝向樓梯。「我馬上下去！」

幾分鐘後他拿著一個包裹回來。

「我的海猴！」他打開包裹時大叫。

「總算送來了！」

「海猴？」我説，「你幹麼買海猴？我們已經有一缸滿是食人鯊魚的超棒水槽了！」

「可是海猴比食人鯊好太多了，」泰瑞説，「海猴有三隻眼睛，用腳呼吸，而且會蓋一大片水下王國！這幾點鯊魚都做不到……鯊魚連腳都沒有！我現在馬上讓我的海猴活過來！」

「別那麼急，」我說，「我們還要寫書，記得嗎？」

「我知道！」泰瑞說，「我保證只要孵出海猴蛋，馬上回來工作。牠們一下子就會活過來。我只要加水進去就好。拜託。求求你？拜託啦！」

「好吧，」我說，「可是要快一點！」

「當然！」泰瑞衝進電梯。「我馬上回來。」

我等了好久……

真的好久……

真的真的好久……

可是他沒回來。

最後我在地下祕密實驗室裡找到他。

「你在幹麼？」我說，「我以為你要幫海猴蛋加水。」

「我要加啊！」泰瑞說，「我剛弄好儀器，可以量出到底要加多少水。加太多水，海猴會淹死，加太少的話又會悶死。」

「你明明說孵海猴蛋只要一下子！」我抗議。

「是啊，」泰瑞說，「等我加了水，一下子就好。現在退後一點⋯⋯」

他按下開關，儀器滴下了水，一滴又一滴⋯⋯

滴得好慢⋯⋯

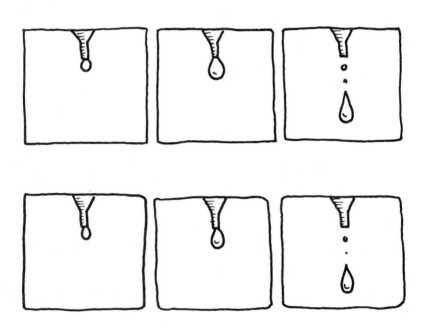

滴得非常慢……

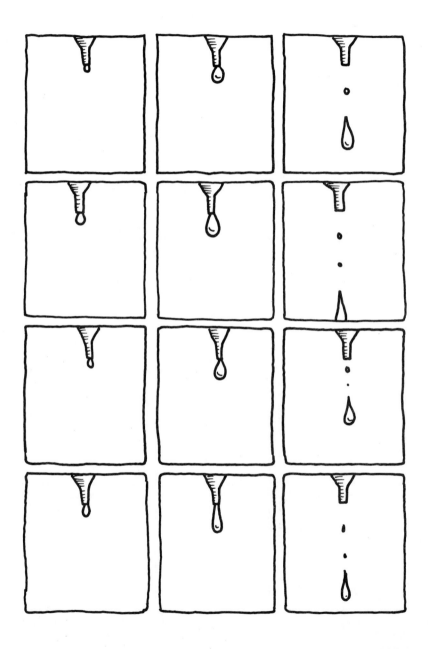

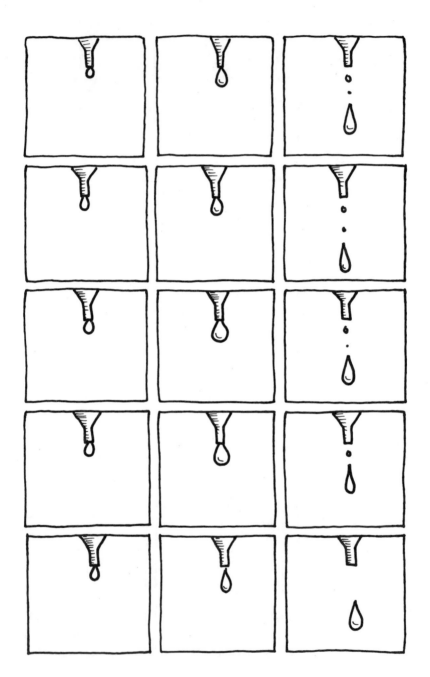

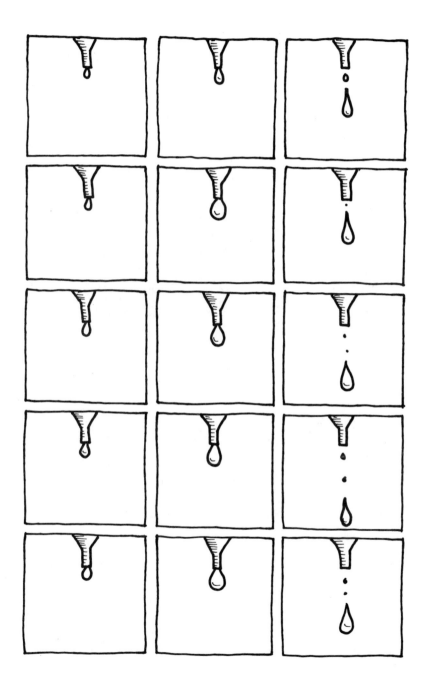

　　滴得很慢的水滴了成千百萬億兆滴之後，終於滴完了。

　　「總算好了！」我說，「把海猴蛋放進去，快點，然後回去工作。」

　　「當然，」泰瑞說，「我還得淨化這些水。」

　　「要多久？」

　　泰瑞看了看包裝袋。「二十四小時。」

　　「什麼？」我說，「那可是整整一天啊！」

「安迪，別傻了，」泰瑞笑著說，「一天才沒有二十四小時呢！」

「當、然、有！」我大叫。「要是你以為我會讓你花更多時間在那些蠢海猴上，你像豌豆一樣小的傻瓜腦袋一定是瘋了！」

大腦簡介

（這些圖沒有依照實際大小來畫）

「安迪，你說話注意一點，」泰瑞說，「說不定有小孩子在看這本書。」

「我才不管誰在看，」我說，「現在就將你的海猴蛋放到水裡，要不然，我保證會把瓶子用力套在你頭上，讓你後半輩子都戴著瓶子！你想變成那樣嗎？」

泰瑞思考了好一會兒。

要是我頭上有個瓶子，日子會怎麼樣？

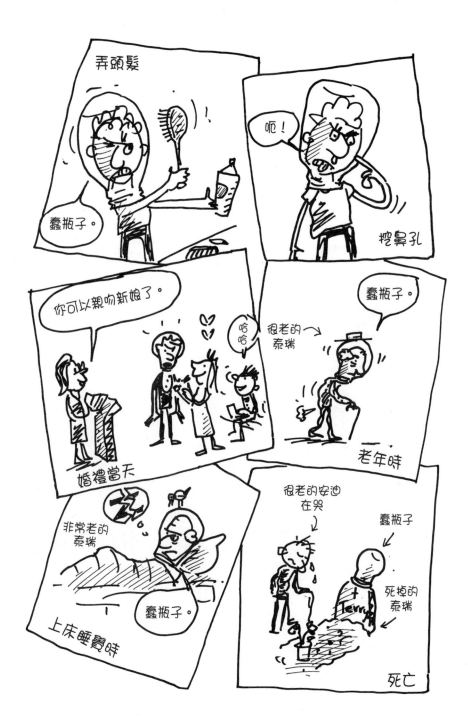

105

最後他説：「我想我一點也不喜歡。」

「我想既然如此，我們可以跳過淨化水質這一步，直接加海猴蛋。」

「這想法太棒了。」我説。

泰瑞顫抖著手，將海猴蛋倒進瓶子裡。

他攪拌瓶子，對著燈光舉高。

「我成功了！」他大叫，「我是天才！我創造了生命！」

他說得對。

當然不是指他是個天才，而是真的有一群剛孵出的海猴在瓶子裡游來游去。

「哇，真的很棒，」我說，「現在我們可以回去工作了嗎？」

「還不行，」泰瑞說，「我得餵牠們一平匙正版的海猴飼料。」

我咕噥一聲：「意思是說，你現在得弄個『一平匙正版海猴飼料分配器』？」

「不用啊！它有附正版海猴飼料的分配用具。」泰瑞把塑膠匙裡的海猴飼料灑進瓶子裡。

　　飼料引來一陣瘋狂進食。呃，不過吃到飼料的海猴只有一隻。那隻海猴朝飼料直衝過去，一口全部吞下，其他海猴都沒吃到。

　　「真會吃！」泰瑞說。

　　「最好再多倒一點。」我說。

　　泰瑞又舀了一匙飼料，灑到瓶子裡。

　　那隻貪吃的海猴又吃光所有飼料……接著開始長大。

才幾秒鐘，牠就大了一倍，又再大一倍。貪吃的海猴在瓶子裡游來游去，一口吞下其他所有海猴！

那隻海猴長得更大……

越來越大……

越來越大。

「瓶子快裝不下了！」泰瑞說。

「拿個大杯子！」我說，「很大的杯子！」

泰瑞飛奔離開，回來時手上拿著樹屋裡最大的杯子。

「這個應該裝得下，」他把海猴從瓶子倒進牠的新家。

但是海猴一直長大。杯子瞬間就裝不下牠了，所以我們把牠倒進桶子裡。然而海猴還是長得太大。

　　「不行，」泰瑞說，「我們需要更大的容器！」

　　「浴缸怎麼樣？」我說。

　　「我不知道我們有浴缸！」泰瑞說。

　　「有啊，」我說，「我一直想告訴你。浴缸就在浴室裡。」

　　「我不知道我們有浴室！」泰瑞說。

　　「帶著桶子，跟我走就對了。」我說。

　「這隻海猴長得真怪！」我們把海猴放進浴缸裡後，
我說。

　「因為我不是海猴，」怪海猴開口了，「我是美人魚！」

　「美人魚？」泰瑞看起來快哭了。「可是美人魚是給
女生的！我買的是海猴！」

「錯可不在我，」美人魚說，「一定是工廠把蛋弄混了。我叫人魚公主，你呢？」

「泰瑞。」他說。

「對美男魚來說，這是個好名字。」人魚公主說。

「我不是美男魚。」泰瑞說。

「噢，我以為你是，」人魚公主看著泰瑞說，「你長得很英俊，很像美男魚。」

泰瑞紅著臉，咯咯的笑。

「哈囉，」我說，「我叫安迪。」

「嗯哼。」人魚公主還是直盯著泰瑞瞧。

「我也住在這裡。」我說。

「嗯哼，」人魚公主說，「『山迪』，你可以去別的地方嗎？我跟泰瑞想要兩人獨處。」

「沒錯。」泰瑞迷迷糊糊的附和。

「我們的書怎麼辦？」我提醒他，「什麼時候才能開工？」

可是一點用也沒有。

他們兩個都沒聽我說話，只是一直盯著對方的眼睛。其實，我覺得尷尬得很。

我走出浴室，關上門。

不過還是能聽得見他們在說什麼。

「你人真好，」人魚公主說，「真希望我能跟你待在這裡！」

「妳可以啊……難道不行嗎？」泰瑞說。

「很可惜，不行，」人魚公主說，「我沒辦法永遠住在浴缸裡。」

「我們有遊泳池！」泰瑞說，「是透明的！妳可以住在那裡！」

「我得在海裡生活，」人魚公主說，「海裡才是我的家。」

「噢。」泰瑞傷心的說。

「我知道了！」人魚公主說，「你要不要跟我一起住？我們可以住在我蓋在海底的十三層樓沙子城堡！」

安迪坐在迷你潛水艇裡闖進泰瑞的夢

一隻魚在夢的外面
（是真的魚，還是幻想？）

「太棒了，」泰瑞說，「可是我不是美男魚，不能在水中呼吸。」

　　「有個辦法，」人魚公主說，「只要人類和美人魚結婚，就會變成美男魚……親一個吻，我們就結婚了。」

　　我該衝進浴室馬上阻止他們，可是我不想被發現偷聽他們說話。再說，反正也太遲了。我聽到人類和美人魚親吻的明顯聲音，忍不住顫抖了一下。

「噢，親愛的，」人魚公主說，「我好開心！我們現在就走！」

「沒問題，」泰瑞說，「等我跟安迪說再見。」

「好吧，可是要快，」人魚公主急切的嘆氣。「我不知道還能在浴缸裡待多久。」

泰瑞走出浴室，我迅速躲起來。

他爬下梯子，開始到處找我。

「安迪，」他大叫，「我得跟你談談！」

我正要下樓找他時，聽到了浴室裡傳出咕嚕咕嚕的奇怪聲音。聽起來像是人魚公主快窒息了，雖然我沒有特別喜歡她，但還是該去探望她是否安好。當我走進浴室，看見鏡子裡的她，我看到的她絕對不好。事實上，很糟。非常非常的糟！

人魚公主不再是人魚公主。她是海怪！

我怎麼能肯定她是海怪？

噢，首先，她有黏答答的海怪皮膚……

和黏答答的海怪觸手……

還有黏答答的海怪臭味……

……不過最重要的是，她說：「浴室鏡啊浴室鏡……誰是最卑鄙的海怪？」我才肯定她是海怪。

你能明白看到恐怖東西想轉頭又轉不了的恐懼嗎？噢，太恐怖了，我得拿出攝影機錄下來！

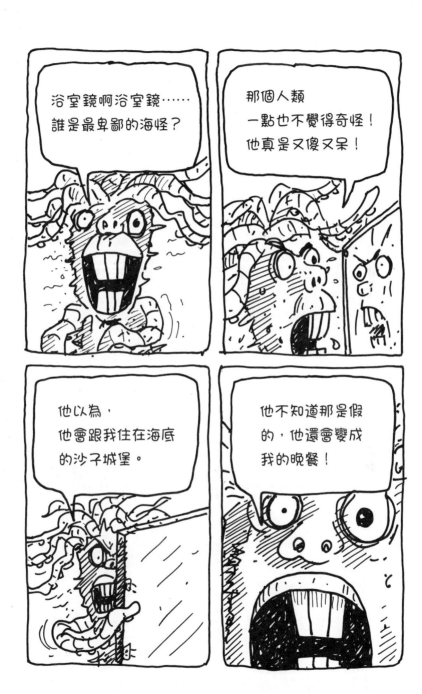

海怪又變回人魚公主，爬回了浴缸。

我停止錄影，急忙衝去找泰瑞。

他在樓下的廚房裡。

棉花糖機正朝著他嘴裡發射棉花糖，和他吞的速度不相上下。

他嘴裡塞著棉花糖，含糊不清的説：「安迪，猜猜發生什麼事？」

「嗯，讓我想想⋯⋯你和人魚公主結了婚，你們要去海底的十三層樓沙子城堡生活？」

泰瑞很吃驚。

「你怎麼知道？」

「我全都聽到了，」我說，「而且我聽到的不只這些。你離開浴室後，我發現人魚公主其實不是美人魚……她是個海怪！」

「騙人！」泰瑞說，「你只是嫉妒！」

「不，我才沒有，」我說，「看看這個！」

我按下攝影機的播放鍵，拿給他看。

「哎呀！」泰瑞說，「我該怎麼辦？」

「噢，首先，」我說，「你絕對要跟她分手。越快越好。」

「我當然會這麼做！」泰瑞說，「如果她想吃掉我呢？」

「冷靜點，」我說，「我只是說好玩的。現在什麼事也別做。她不知道你已經發現她是海怪……」

我們身後有個咕嚕咕嚕的可怕聲音說：「噢，我知道了。」

我們轉身看到「人魚公主」黏搭搭的從廚房那頭過來。

「走開！」泰瑞想要躲在我後面。

「親愛的，可是我們結婚啦。」她可怕的臉伸向泰瑞。

「別親我！」他苦苦哀求，害怕得瞪大眼睛。

「我不會親你，」她說，「我要吃了你……還有你那偷聽別人說話的朋友！」

「我不是故意的！」我說，「難道妳不能饒我一命，警告一下……或是罰我一點錢就好……之類的？」

「我想可以，」人魚公主說，「只不過我太餓了。被關在海猴包裹裡太久，讓人胃口大開！」

我們不斷往後退，直到背抵著電梯門。我往身後摸索，急著想找到開門的按鈕，她黏搭搭的爬向我們，越來越近。

總算找到按鈕了！電梯門打開，我們往後跌進電梯裡。門關上時，人魚公主還在咆哮。

「呼！」泰瑞說，「太好了，結束了！」

「你在開玩笑嗎？」我回答，電梯往下通往實驗室。「這才剛開始！」

「我們現在該怎麼辦？」

「噢，」我說，「這問題也許很傻，不過香蕉放大機可以反過來用嗎？」

「你是說變成『香蕉縮小機』？」泰瑞說，「當然可以。只要把磁性引力顛倒過來就好……可是，縮小的香蕉要怎麼幫我們打倒海怪？」

「不用，」我說，電梯門在實驗室樓層打開。「我們不用打倒海怪。我們要縮小海怪！不過你動作得快點。你老婆馬上就來了。」

「別提醒我！」泰瑞急忙衝向香蕉放大機。

我聽到電梯在樹幹裡往上升回主樓層。人魚公主一定按了電梯鈕，隨時都會下來。

「海怪縮小機準備就緒！」泰瑞說。

「剛好趕上！」我說。

我盡量靠近電梯。電梯門打開，人魚公主進了實驗室。

「啊，你們在這裡，」她咕嚕咕嚕的說，「真不敢相信，你們以為能甩掉我！人類就是這麼笨。」

「你也不過是長得太大隻的海猴！」我咒罵她，一邊退向實驗室另一頭的縮小器，希望她會跟上來。

「我不是海猴，」她尖叫著，黏答答的逼近我。「我是海怪！為了這句話，我要先吃掉你。」

「噢不，妳吃不到。」我說。

「我吃得到！」她散發惡臭的黑色觸角觸碰到我鼻尖。

「不，妳真的吃不到！」我閃到一旁大叫，「泰瑞，就是現在！」

泰瑞啟動縮小器，用縮小射線轟炸她。

人魚公主氣得大叫，在我們面前開始萎縮。

「我變小了！」她尖叫著，縮得越來越小。

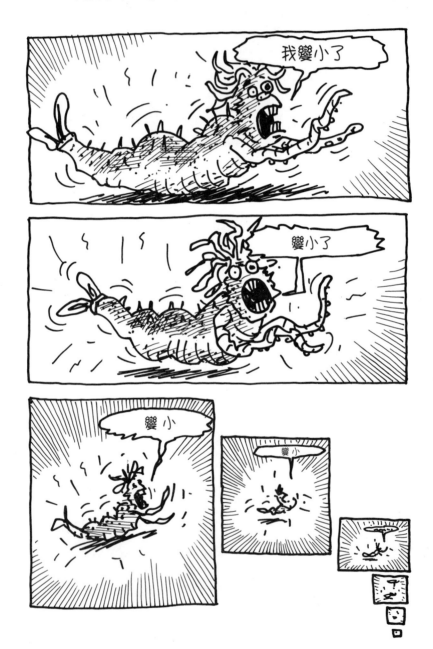

才一下子，她縮得比軟糖豆還小，也比軟糖豆還不危險。她躺在我們之間的地板上，發出又細又尖的叫聲。

「她是有史以來最可怕的海猴！」泰瑞說，「我真想送她回工廠。」

「我們可以送走她，」我說，「但不是送回工廠──而是送到她該回去的大海。老實說，我現在就要這麼做。還是，你想接下這任務？」

「不了，我辦不到。」泰瑞說。

「好吧。」我說。

我用鑷子夾起她，扔進馬桶裡，再按下大便的沖水鈕。再按一次。以防萬一。

　　我走出浴室，泰瑞擦掉一滴眼淚。

　　「我想，你一定很傷心，」我把手搭在他肩上。「不過努力往好處想吧。」

　　「好處是什麼？」

　　「現在我們可以回去寫書了！」

第 8 章

大泡泡

我們搭電梯回到平常待的那層樓，在桌旁坐下。

「好啦，」我說，「我們寫到哪？喔對……『很久以前』。現在讓我想想……很久以前有個……有個……有個……泰瑞，幫我想想！很久以前有個……有個什麼？」

「什麼都好啦，」泰瑞嘆了口氣。「我不在乎。我沒辦法工作。我太傷心了。我知道人魚公主是海怪，可是她還是美人魚的時候，我真的很喜歡她。」

「來點棉花糖？」我說，「會比較好嗎？我叫棉花糖機過來。」

「不要，」泰瑞說，「我吃膩棉花糖了。」

「也許吃點別的，」我說，「來點爆米花？」

泰瑞聳聳肩。

「我們可以掀開蓋子爆。」我說。

泰瑞又聳聳肩。「好啊。」

我把爆米花機裝得滿滿的，接著啟動機器。

我們等了……

又等……

再等……

　　正當我們以為機器永遠做不出爆米花時，突然間……
爆開了！

我們跑來跑去，張開嘴能接多少就接多少，
直到再也吃不下。

「安迪，太棒了！」泰瑞說，「但是我現在又渴斃了。」

「喝點汽水就好，」我說，「我去啟動噴水池。」

我提過我們有一座汽水噴水池？對，我們有。長得就像一般的噴水池，但噴出來的不是水，是汽水。什麼口味都有，不管是紅色、橘色、檸檬味、可樂味，或是什錦口味（就是把所有口味混在一起），應有盡有。

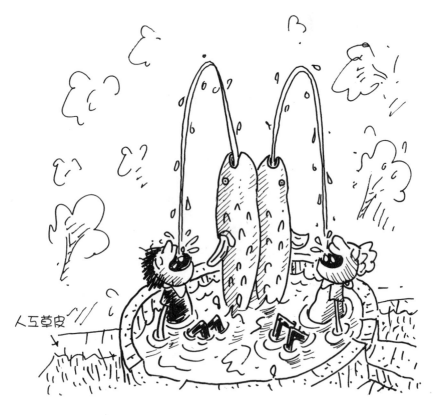

人工草皮

　　我們在汽水噴水池裡坐了很久。我說「很久」，意思是大概比我們該待的時間久很多。

「噢，我很抱歉！」泰瑞用手蓋住嘴巴。

我還來不及說沒關係，就打了個更大的嗝。

「不，我才該抱歉。」我說。

泰瑞又打了個嗝，這次更大聲。

「嗯，聽起來你好像舒服一點了。」我說。

「舒服多了，」泰瑞說，「再來點泡泡糖就好！」

他爬出汽水噴水池，走到泡泡糖捲筒機前，抽出長長的泡泡糖塞進嘴裡。

「唔，真好吃，」泰瑞嚼著泡泡糖咕噥的説，「嘿，安迪，我有個好主意……看！」

泰瑞嚼著泡泡糖，接著打了個嗝……

打了嗝再嚼泡泡糖……

吹氣又打嗝……

打了嗝再吹……

直到他吹出有史以來我見過最大的泡泡，大到我完全看不見泰瑞。

「別再吹了！」我說，「泡泡大過頭了！」

可是泰瑞沒聽見我說話。泡泡太大，把他整個人徹底包住了！他在自己用打嗝空氣吹出的泡泡糖裡頭！

「嘿，好好玩喔！」泡泡裡的泰瑞飄來飄去。

「小心點。」我說。

「哪會有什麼問題？」他說。

他開始飄得越來越高，直到半空中。「救命啊！」他大喊。

「別擔心！」我對他大叫，他往上飄啊飄，離樹屋越來越遠。「我會救你！」

　　我抓著旁邊的藤蔓助跑跳躍，努力盪得夠遠，讓我能抓住泡泡。我盪得很遠，但還是不夠。我只抓到一把空氣，泰瑞繼續飄得更高更遠，飛向天空。

只剩一個方法。我拿起高爾夫球桿跑到觀景台上。我想現在是我能盡情揮桿的時候……當然啦，同時也能試著打爆泰瑞的泡泡。

我使出全力揮桿，可是第一桿一點也不走運……

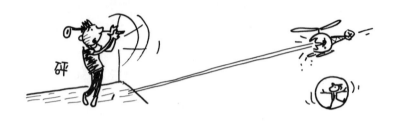

第二桿也是……

連第三桿也是……

不過我的第四次揮桿正中紅心！

　　泡泡爆掉了，可是有好有壞。好在泰瑞從的泡泡裡脫身而出，壞在他現在朝地面直直往下掉，沒有降落傘……連安全帽也沒有。

好險，棉花糖機好像知道該怎麼做似的，開始用超音速發射棉花糖，不到一會兒，泰瑞正下方的地面上堆出好大一堆棉花糖。

　　他掉在棉花糖堆中央，彈跳好多次才終於著地。看起來有點好玩……嗯……應該說，超好玩。

我幫泰瑞爬出棉花糖堆，拍拍他的衣服。

「有史以來最好玩的一次！」他張嘴大笑。「你真的該試試！」

「我會的，」我說，「不過我們有書要寫，記得嗎？」

「喔對，」泰瑞說，「我忘了。」

我們搭電梯回平常待的那層樓。

這次是正經的。

不再分心。

不再找藉口。

不再有飛天貓、

大香蕉攻擊、

汪汪叫的狗、

假的美人魚、

邪惡海怪、

爆米花派對、

汽水喝到飽、

打嗝空氣吹出的泡泡糖氣泡，

或是棉花糖跳跳床……

我們就是要寫書。

我們坐在桌旁。

「好啦，我們寫到哪？」我說。

「我想是很『九』以前。」泰瑞説。

「很好笑，」我説，「現在讓我想想……很久以前有個……什麼？」

「有個手指！」泰瑞接話。

「手指？」我問。

「對啊！」泰瑞説，「何不把你寫的開頭和我畫的圖加在一起？你知道的，像是『很久以前……有個手指。不過那不是普通手指──是手指超人！』像這樣。」

「太瘋狂了！」我說。

「噢。」泰瑞看起來很失望。

「瘋狂到也許行得通！」我又補了一句。

「那還等什麼？」泰瑞笑著說，「開工吧！」

我們終於開始工作了。

我寫文字。

泰瑞畫圖。

成果也很棒，就像你看到的……

第 9 章

手指超人歷險記

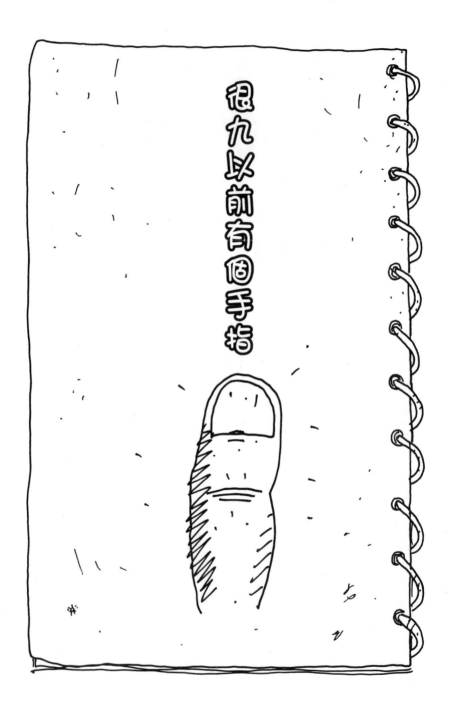

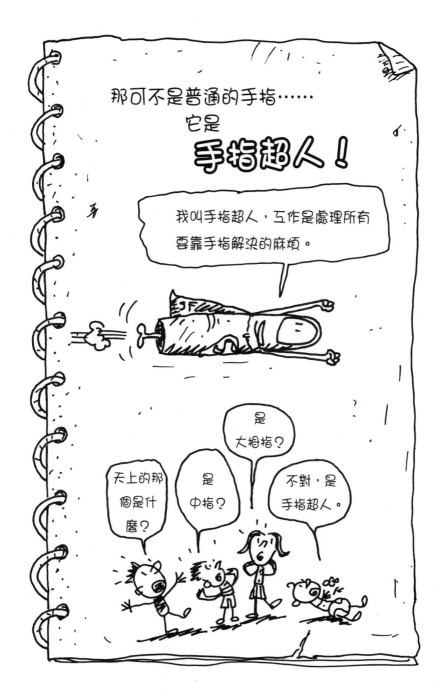

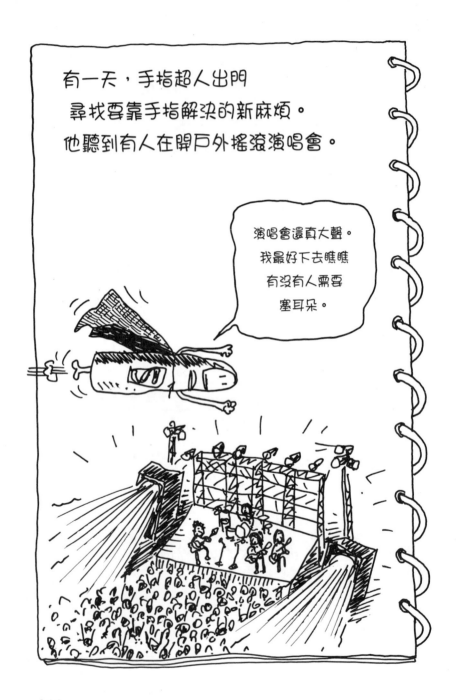

可是手指超人看了看，
發現吉米有麻煩。
他彈的吉他獨奏是史詩級巨作，
手指不夠用！

要是我再
多一根手指，
就能火力全開，
彈出史詩級的
吉他獨奏了。

手指超人飛到舞台上，
　頭下腳上落在吉米的吉他指板上。

於是手指超人和吉米即興演奏了起來，
甚至到晚上還不停歇，
大家都同意，
這是世界上有史以來最棒的演唱會！

第 10 章

十三層樓的猴園

「你覺得怎麼樣？」我說。

「太棒了！」泰瑞說，「是我們一年來所裡寫的第一
名！」

「是我們這一年裡寫的第一個故事，」我提醒他，「來
吧，寫下一個。」

我們才剛要開始，門鈴就響了。

「嘿，泰瑞，」比爾大喊。「來拿你另一個包裹。」

「噢，太好了！」泰瑞說，「一定是補寄給我的海猴蛋！」

「補寄？」我問。

「對啊，」泰瑞說，「我打電話給海猴公司說明事情經過。他們表示會再多寄一些蛋來。他們非常抱歉。」

「他們非常抱歉？」我說，「要是又孵出一隻海怪，你才要覺得抱歉！」

泰瑞沒聽我說話。他已經跑到大門那兒了。

我等了好一會兒，泰瑞都沒回來。

我想他一定直接進實驗室孵他的新海猴。

我下樓一看，他果然在那裡。

「我成功了！」

他對著燈光舉高瓶子。

「這次絕對是海猴！」

「恭喜你，」我說，「你現在開心嗎？」

泰瑞聳聳肩。「不，沒有，」他說，「海猴其實沒那麼好玩。」

「沒差啦，」我說，「回去工作吧。」

我們很快回到桌前，才剛要開工，就聽到一聲巨響。

「怎麼回事？」泰瑞說。

「不知道，」我說，「聽起來是從實驗室傳來的。」

我們兩個從椅子上跳起來，衝向電梯。

通往實驗室的電梯門一打開，迎接我們的是一片混亂。

到處都是猴子，猴子砸了所有東西！

猴子又盪又跳，

在實驗室裡互相追逐。吵到讓人快耳聾了。

「喔不！」泰瑞説，「希望我的海猴沒事！」

「這些猴子就是你的海猴！」我指著地上的空瓶子大

吼。「不過牠們不是『海』猴──是『猿』猴！那間笨公

司又寄錯蛋了！」

「可是我討厭猴子！」泰瑞説。

「我比你更討厭。」我説。

「牠們要進電梯了！」泰瑞説。

「噢，棒呆了！」我説，

「現在樹屋其他地方也會毀了。」

我們無助的看著電梯門關上，電梯通過樹幹通道，升上主樓層。

　　過了好一會兒，電梯才回到實驗室載我們上樓，猴子已經把樹屋所有樓層弄得亂七八糟。

　　保齡球球道上都是猴子！

浴室裡都是猴子！

游泳池裡都是猴子！

廚房裡都是猴子！

觀景台上都是猴子！

到處都有猴子！

「小心！」我大喊。

一群猴子坐上棉花糖機，朝我們的頭發射棉花糖。

同時又有另一群猴子抓著藤蔓朝我們盪過來。

「低頭！」我大叫。

我們放低身體。

藤蔓上的猴子撞上棉花糖機上的猴子。

猴子、棉花糖和撞壞的棉花糖機往四面八方亂飛。

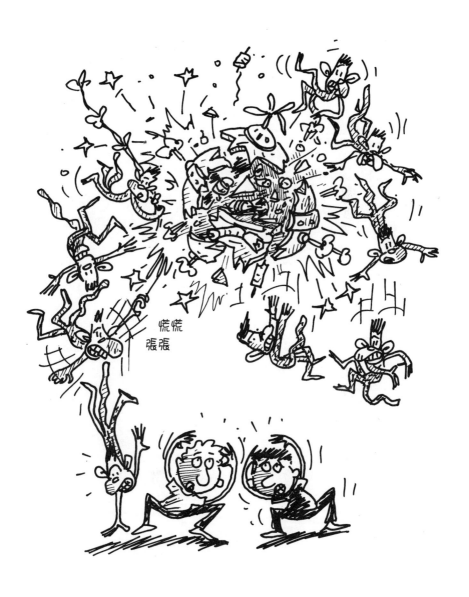

可是撞擊看起來對猴子一點影響也沒有，牠們從地上爬起來，用髒兮兮的小猴爪朝我們亂扔東西。

「安迪，我們該怎麼辦？」泰瑞問。

「絕對不要再買新的海猴蛋。」我說。

「好啦，還有別的嗎？」泰瑞。

「用大香蕉打猴子？」我提議，「香蕉就在那兒。」我指著泰瑞旁邊地上的香蕉。

「你不是說，錯上加錯不會變成對的嗎？」泰瑞說。

「用在猴子身上，就是對的！」我說。

泰瑞抓起香蕉，像揮棒球一樣，打掉所有飛向我們這邊的棉花糖、筆、鉛筆、橡皮擦、畫筆、顏料和猴子大便，然後把猴子一一趕下樹屋！

最奇怪的事情發生了，泰瑞才將猴子敲下樹，猴子立刻又爬上來。牠們停止到處亂砸……反而坐下來盯著泰瑞。也許說明白點，猴子看的是他手上的大香蕉。泰瑞揮越多次香蕉，就有越多猴子在他前面靜坐。

　　「牠們幹麼坐在那裡？」泰瑞問。

　　「看來牠們真的很愛那根香蕉，」我說，「慢慢揮動香蕉，別停下來……我想，你催眠了牠們。」

不出所料，泰瑞一下子讓所有猴子都中了香蕉魔咒。

「現在該怎麼辦？」他說。

「把猴子引到樹頂，」我說，「然後讓牠們到巨型投石器上。」

「說得對！」泰瑞說，「我怎麼從沒想過要用投石器？」

「老實說，你用過。」我提醒他。

泰瑞架的投石器原本用來丟垃圾，可是有太多鄰居跟我們抱怨，所以就沒再這麼用了。

有一陣子我們用投石器捉弄對方……

最近，我們經常用投石器來甩掉討厭的客人……

現在輪到猴子了！

泰瑞把猴子引到樹頂,我跟在後面,幫他將猴子裝進投石器裡。

　　「你最好也放上大香蕉,」我說,「免得猴子又回來找香蕉。」

　　「放好了,」泰瑞把香蕉跟催眠中的猴子綁在一起。

　　「好,」我說,「準備發射!」

投石器的巨大彈射桿往上彈出猴子和大香蕉，

往上飛，

飛到空中，飛得好遠，

好遠，

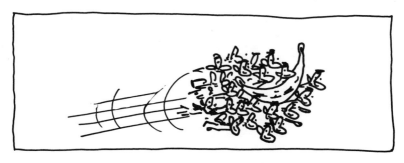

好遠好遠。

「成功了！」泰瑞説

「是啊，」我説，「現在我們可以回去寫書了！」

第 11 章

超級大猩猩

回去寫書之前，我們得把猴子弄得一團糟的地方清理
乾淨。

總算，經過大概千百萬億兆年後，我們讓一切回復原狀，準備再次開工。

　　我才剛寫下「又是很九以前」，泰瑞指出我又把「九」寫錯了，桌子就開始搖動。

　　「別搖桌子！」我說。

　　「我沒搖，」泰瑞說，「我以為是你搖的。」

　　「我沒搖！」我說，樹屋開始搖晃。

「別搖樹屋！」泰瑞説。

「我沒搖，」我説，「我以為是你搖的。」

「不是我，」泰瑞説，「我想是下面那隻超級大猩猩搖的。」

「可是超級大猩猩幹麼要搖我們的樹屋？」我說。

「我也不知道，」泰瑞說，「這又不是香蕉樹。」

「你說中了！」我說，「沒錯！對大猩猩來說就是香蕉樹……超級大香蕉樹！」

「啊？」泰瑞說。

「這不是很明顯嗎？」我說，「我們彈射的那根大香蕉一定掉到遙遠的熱帶小島上……

那裡住著超級大猩猩……

牠發現大香蕉然後吃掉了……

牠太愛吃香蕉，所以用香蕉皮做成船……

用大鼻孔一路追蹤大香蕉的發源地……

牠誤以為我們的樹屋是超級大香蕉樹，現在才會搖樹。

「聽起來有點誇張，」泰瑞說，「花這麼大工夫就只為了香蕉？」

「是超級大香蕉，」我提醒他，「有特別的超級大香蕉風味。」

就在這時我們聽到來自「坐著超級大香蕉皮船橫渡大海尋找超級大香蕉的」超級大猩猩大聲吼叫，絕對不會聽錯。

香·蕉
香·蕉

　　「我想你説的對，」泰瑞説，「的確能解釋大猩猩怎麼會在這裡，搖晃我們的樹屋。我們該怎麼辦？」

　　「那還用説，給牠更多大香蕉！」我説。

　　「沒辦法！」泰瑞説，「香蕉變大機被猴子弄壞了！」

　　「你能修好嗎？」

　　「也許可以，可是要修很久！」泰瑞説，「機器碎成一塊一塊了！」

　　「我們得再想點辦法！」我説，「在牠把樹屋搖到解體之前！」

　「香蕉！」超級大猩猩大吼，「香蕉！」

　「這裡沒有香蕉！」泰瑞大叫，「呃，這裡以前有，不過現在沒了！」

　「香蕉！」大猩猩用吼叫回應。

　「沒用，」我說，「除了『香蕉』兩個字，我想牠不會說別的人話。」

正當我們覺得這天不會有更離譜的事發生時，一輛加長豪華白色轎車停在樹屋大門口，穿著花俏制服的司機按了門鈴。

「我們在上面！」我對著樹下的司機說。

「哪位是泰瑞？」他問。

「是我！」泰瑞回答。

「噢，」司機說，「很高興能通知你，你的畫作『汪汪在海灘上』在《汪汪叫的小狗叫汪汪》繪圖比賽中得到第一名。」

「哇，我好開心，」泰瑞説，「獎品是什麼？」

「你可以與汪汪見面。」司機説。

「什麼時候？」泰瑞問。

「就是現在！」司機打開豪華轎車的後車門。

「太棒了！」泰瑞説，「汪汪就在這裡！我不但能見到牠，牠還能拯救我們 —— 和樹屋！」

「牠到底要怎麼救我們？」我説。

「那還用説，只要汪汪叫！」泰瑞説。

就在這時，汪汪走出轎車，開始對巨型大猩猩汪汪叫。

牠汪汪叫，

叫了

又叫。

超級大猩猩抬起超級大的腳，

朝牠一腳踩下。

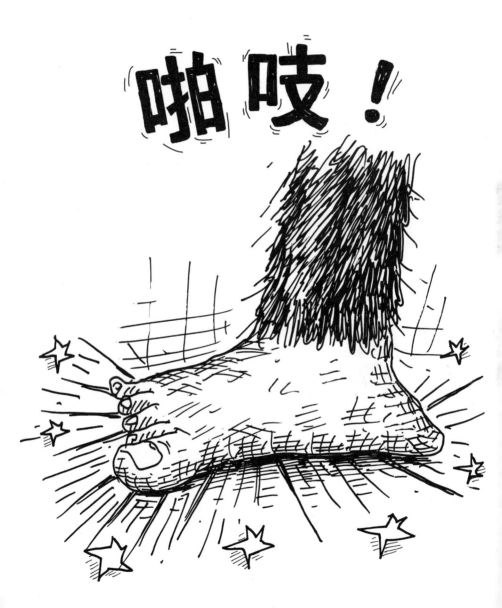

啪吱！

我們看著司機抱起汪汪，帶回車上。

「你覺得汪汪還好嗎？」泰瑞說。

「噢，牠還在汪汪叫。」我說。

泰瑞嘆了口氣：「我甚至沒有真正跟汪汪碰上面。」

這時大猩猩一點時間也不浪費，又回來搖樹，只不過這次搖得更大力。

「噢不，」泰瑞說，「我們真的麻煩大了。連汪汪也救不了我們。我們該怎麼辦？」

　「跟樹屋説再見，」我説，「跟猴園説哈囉。沒了樹屋，
我們沒地方住也沒地方寫書。」

　「我討厭猴子，」泰瑞説，「還有超級大猩猩。」

　「這只能怪你自己，」我説，「要不是你買了海猴，
或一開始亂做大香蕉的話，這一切都不會發生！」

可是泰瑞沒聽我說話。

他抬頭看著天空。

「你聽見了嗎？」他說。

「你是說大猩猩拆樹屋的聲音？」我說，「聽見了！聲音響亮又清楚！」

「不是，」泰瑞說，「是飛天貓的聲音。是絲絲！絲絲回來了！還帶了別的飛天貓回來！」

第 12 章

那天，絲絲成了救星

我抬頭一看。泰瑞說的沒錯！

是飛天貓群！

一整群飛天貓 …… 正確來說是十三隻，飛在最前面的
是絲絲！

牠們排成隊形飛行，像戰鬥機一樣飛得又低又快。

「噢，太棒了，」我說，「一隻大猩猩好像還不夠，現在我們要被一群飛天貓攻擊了！」

「你怎麼知道是攻擊我們？」泰瑞，「也許牠們也想要大香蕉。」

「貓不吃香蕉！」我說，「大家都知道。再說，牠們看起來不餓，是在生氣！」

「也許飛天貓的目標是那隻大猩猩，」泰瑞説，「看牠多怕啊！」

泰瑞説的話有道理。大猩猩不再搖晃樹屋，牠盯著飛天貓，豎直全身的毛。大猩猩大聲吼叫，不過飛天貓就算害怕也沒表現出來。牠們已經瞄準了大猩猩。

我們做好準備，等著看十三隻飛天貓撞上一隻超級大猩猩。

可是沒撞上。

　　飛天貓在最後一刻分成兩群，經過大猩猩頭頂後又飛
向高空，在我們上空會合，重組成一個嚇人的圈圈。

　　就在這時，大猩猩開始爬樹。

「樹上沒有大香蕉！」泰瑞大喊，「我們早就跟你說過了！」

「我覺得牠不是要上來找香蕉，」我說，「是要找個好位置跟飛天貓戰鬥。」

大猩猩爬得很高……

更高……

再高……

　　直到大猩猩爬上樹頂。牠拍打自己寬闊的胸膛，對飛天貓吼叫，飛天貓則不停與牠纏鬥。

飛天貓向下飛撲……

大猩猩揮舞手掌。

　　大猩猩有時打中了幾隻飛天貓，讓牠們往地面掉下去，
不過牠們總是能安全的四腳著地，立刻又重回戰場，速度
快得像沒掉下來過。

最後，十三隻凶猛的飛天貓讓大猩猩再也撐不下去。

牠手腳一鬆，掉到樹下……

撞到地面，發出重重巨響。

　　但是，飛天貓沒打算饒過大猩猩。大猩猩還沒爬起來
牠們就直衝而下，用貓爪抓住大猩猩的毛皮，把大猩猩抬
到半空中。最後，牠們送走了大猩猩。

「噢，看來絲絲和牠的同伴救了我們！」泰瑞說，「要不是我把絲絲變成飛天貓，我們的樹屋絕對會毀了！」

我才要指出樹屋會遇上危險，從一開始就是他、他的海猴和他愚蠢的大香蕉害的。可是就在這時候，門鈴響了。

「噢不，」我說，「不會是更多海猴蛋吧！泰瑞，你怎麼可以這麼做！」

可是泰瑞沒聽到。他已經跑下樓了。

第 13 章

結局

　　我追在泰瑞後頭，打算阻止他孵化下一批可能會毀了樹屋，或甚至會毀了我們生活的蛋！

可是站在門口的不是比爾。

是吉兒！

她喘得好像是一路跑過來的。「那是絲絲嗎？」她說，「從你們樹屋跟大猩猩一起飛走的？」

「是絲絲。」泰瑞說。

我用手肘用力戳他。「他是說，不是絲絲。」我說。

「噢對，」泰瑞說，「我是說，不是絲絲。」

「我很肯定那是絲絲。」吉兒皺眉。

「可是絲絲不是白貓嗎？」我說，「那些貓都是黃色的，而且會飛。絲絲會飛嗎？妳的尋貓啟事上沒寫。」

「噢，絲絲平常不會飛，」吉兒説，「可是絲絲就在那些貓裡頭。我無論如何都認得出絲絲。我看得出來，你們兩個知道些什麼。你們最好從實招來……快説。」

「對不起，」我説，「可是那不是我的錯！是泰瑞。他把絲絲塗成黃色，接著把牠變成一隻金絲雀……呃，我想是金絲貓……然後絲絲飛走了！真的真的很對不起。」

「金絲貓？」吉兒緩慢的説，「泰瑞把絲絲變成金絲貓？」

「對，就像我説的，我試著阻止他……」

「我很高興你沒阻止他！」吉兒說。

「啊？」我說，「妳沒生氣？」

「一點也不！」吉兒說，「老實說，太棒了！我一直很想養金絲雀，可是我怕絲絲會吃鳥。飛天貓像是同時具備了兩種寵物的最棒優點。泰瑞，謝謝你！」

「別客氣，」泰瑞說，「要是妳想讓其他寵物變個模樣，妳知道該找誰。」

「謝了，」吉兒說，「我一定好好考慮。現在呢，我最好回家替絲絲和牠的新朋友準備一些食物。」

吉兒離開後，泰瑞拍拍雙手。

「嗯，一切都很順利，你覺得呢？」

「我想是吧，」我說，「除了一件小事。」

「什麼事？」

「我們

還沒

寫好

我們

的書！」

「安迪，不用大吼大叫，」泰瑞說，「放輕鬆。沒事的。」

　　「我怎麼可能放鬆，怎麼可能沒事？」我說，「書還沒寫，明天就是最後期限。我們怎麼可能來得及想出所有故事，何況還得寫成文字畫成圖？」

「很簡單，」泰瑞說，「我們什麼也不用想。今天實在很好玩，我們只要把這天發生的事全寫下來，再畫幾張圖，書就完成了！」

你知道，我比泰瑞聰明，可是有時我有種怪想法，覺得他其實比我聰明得多。

「這主意太瘋狂了！」我説。

「好吧。」泰瑞失望的嘆氣。

「太瘋狂了，」我説，「瘋狂到也許行得通！」

「那還等什麼？」泰瑞説，「開工吧！」

所以我們坐下來，又寫又畫……

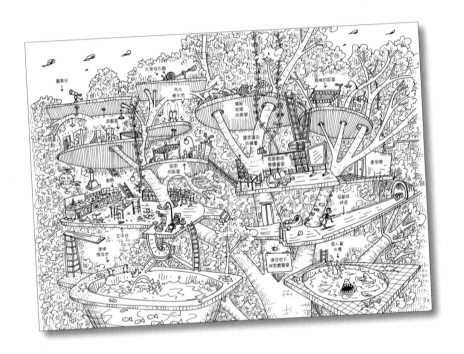

畫了……

我向泰瑞解釋，把貓塗成鮮黃色不會讓貓變成金絲雀。可是他說：「可以剩一看！」他帶著溼答答的貓來到平台邊。

我大喊：「住手！」

泰瑞高高舉起貓……然後鬆開手。

我白擔心了，貓沒掉下去，牠的背冒出兩片小翅膀，喵喵叫著飛走了。

「看到沒？」泰瑞得意洋洋的轉身。「我早就告訴你了！」

寫了……

第 3 章
貓不見了

我們看著那隻貓飛走……我是說金絲雀……事實上，我想我的意思是金絲貓……直到看不見為止。

接著門鈴響了。

我們的鄰居吉兒來了。她住在森林的另一頭，房子裡全是動物。她有兩隻狗、一隻山羊、三匹馬、四尾金魚、一頭牛、六隻兔子、兩隻天竺鼠、一隻駱駝、一匹驢子，還有一隻貓。

又寫了……

　　吉兒一離開，我就轉頭告訴泰瑞：「我們必須找到那隻貓！」
　　「你是說那隻金絲雀，」泰瑞說。
　　「隨便啦！」我說，「我們得找到牠牠。」
　　不過我們還沒開始找，視訊電話響了。（沒錯，我們也有一台這玩意兒，而且是3D立體的！）
　　「也許是絲絲打來的，」泰瑞說。
　　「別傻了，」我說，「貓不會打電話。」
　　「說不定喔，」泰瑞說，「你說貓不能變成金絲雀，不就說錯了！」

第4章
紅色大鼻子

　　我們飛快跑回螢上。紅色大鼻子將視訊電話的螢幕塞得滿滿的，哎呀，是我們的編輯「大鼻子先生」打來的。他很生氣。為什麼我看得出來呢？因為他的鼻子比平常更大，也更紅。

50　　　51

又畫了……

　　「不對，」我說，「那才不是香蕉，這才是香蕉！」我抓起泰瑞前一天做的大香蕉朝他衝過去。

　　「除非我先打你！」泰瑞搶走我手中的香蕉，朝我頭上砸下去。

　　「安迪，放下那根大香蕉，」泰瑞往後退。
　　「我會放下來，」我說，「只要你承認我畫得比你好。」
　　「可是你畫得沒我好。」
　　「好吧，」我說，「那很抱歉我必須告訴你，我要用大香蕉打你的頭。」

　　我眼前一片黑。

72　　　73

再畫了……

再寫了……

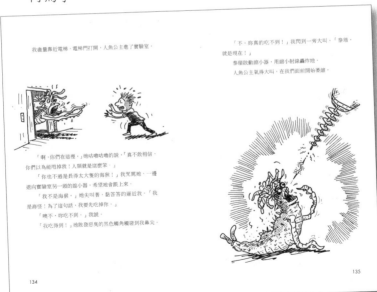

又寫了……

泰瑞又打了個嗝，這次更大聲。
「噢，聽起來你好像舒服一點了？」我說。
「舒服多了。」泰瑞說，「再來點泡泡糖就好！」
他爬出汽水噴水池，走到泡泡糖捲筒機前，抽出長長的泡泡糖塞他嘴裡。

「嗯，真好吃，」泰瑞嚼著泡泡糖咕噥的說，「嘿，安迪，我有個好主意……看！」
泰瑞嚼著泡泡糖，接著打了個嗝……

嗝！

打了嗝再嚼泡泡糖……

嗝！

146

147

又畫了……

166

167

再畫了……

再寫了……

一直工作到隔天下午四點四十五分。

「完工了！」我說。

「可是再過十五分鐘就五點了，」泰瑞說，「該怎樣把書準時交給大鼻子先生？五點是最後期限……我們絕對趕不上！」

「我們當然趕得上。」我說。

「要怎麼做？」

「不知道，」我說，「不過我們可以想想辦法。」

就在這時，我們聽到了什麼。

是鈴鐺響的聲音。

泰瑞跳了起來。「是聖誕老人！」他說，「快，把襪子掛起來，假裝我們在睡覺。」

「可是今晚不是聖誕夜，」我說，「老實說連聖誕節也不是！」

我們跑到平台邊，然後看到：

吉兒坐在絲絲和其他飛天貓拉動的嬰兒車裡，在空中朝我們飛過來。

「瞧瞧我的飛天貓雪橇，」她飛在我們旁邊的半空中。「想兜個風嗎？」

「不行，」我說，「我們太忙了。我們正忙著想辦法在五點前把我們的書送到城裡的大鼻子先生手上。」

「我可以載你們去，」吉兒說，「飛天貓真的飛得很快！來吧！爬上來！」

於是我們就照做了。

就這樣，我們準時把書拿給大鼻子先生……

接著他把書拿去印刷……

印出來的書運到書店……

書店

在這邊！

圖書館……

數位電子書閱讀產品……

甚至還能透過大腦直輸科技頭罩（注），把書本直接傳送到人們的大腦……

注：大腦直輸科技是將資訊直接傳輸到人腦的系統，這種科技太過先進，泰瑞和我還沒發明出來。

然後你就讀到這本書了。

我們大家從此過著幸福快樂的日子！（注）

注：當然，除非你的腦袋被我們的大腦直輸科技頭罩原型

　　產品炸掉，不幸的讓你的人生短暫結束。

附 錄

作家安迪・格里菲斯的問答時間

自我介紹

生於何時何地？

一九六一年九月三日，澳洲墨爾本。

有結婚而且有小孩嗎？

已婚，有二個女兒。

有兄弟姐妹嗎？

有兩個妹妹，蘇珊和茱莉亞。

支持哪個足球隊？

我不看足球。空閒時都在閱讀、看電影和喜劇、聽音樂、跑步游泳和騎腳踏車。

有養寵物嗎？

現在沒有，不過以前養過一隻狗叫黑炭，一隻貓叫絲絲。（黑炭在「就是」系列書中登場；絲絲在「瘋狂樹屋」系列書中登場。）

喜歡的顏色是？

藍、紫、黃、綠、橙和黑色。還有紅色。

喜歡的電玩遊戲是？

太空侵略者（Space Invaders）和旅鼠總動員（Lemmings）。

喜歡的食物是？

冰沙！

開始寫書前做過什麼工作？

計程車司機、英語教師，以及在各種瘋狂的龐克樂團擔任主唱和寫歌。

關於身為作家

喜歡寫作嗎？

對，我愛寫作！

一直都想當作家嗎？

沒有，其實我想當樂團主唱，像我的英雄艾利斯‧庫柏和大衛‧鮑伊一樣。

從幾歲開始寫作？

從我年紀大到能握得住筆，我就一直熱愛寫作。我在練習本上不斷填滿故事、笑話、連環漫畫、剪報文字、票根文字和泡泡糖收藏卡等等……任何想到的東西。我寫好笑的故事娛樂學校裡的朋友。後來那些故事變成有趣歌詞，讓我進了樂團。這些全都是很棒的寫作練習！

讓你想當作家的原因是？

我後來當英語教師時，碰到很多覺得書本無聊的學生，於是我開始寫些小故事逗他們開心，讓他們知道閱讀可以是件有趣的事。

你如何讓作品得以出版？

我開始把作品影印成書，在墨爾本一帶的商店和市集販售。同時我也把這些自費印製的作品寄給出版商。好幾年來我被回絕很多次，但我不斷努力、學習與練習，終於有出版商願意出版！

出版的首部作品是？

一九九七年出版的《就是惡作劇！》

首部作品出版時你幾歲？

三十五歲。

如何結識泰瑞‧丹頓？

有位出版商覺得他的插圖和我的故事很搭，於是把我介紹給他。（確實如此。）

跟泰瑞工作的感想是？

真的很好玩……我們花了好多時間大笑！

有想過換工作嗎？

沒有，我太喜歡這工作了。

想替自己的作品畫插圖嗎？

不，我更想寫文字。

有作品拍成電影或電視劇嗎？

「就是」系列書做成系列卡通「安迪怎麼了？」（可以在 YouTube 上找到短片。）

出版商接受你寫的書，感覺如何？

太棒了！

對心懷抱負的年輕作家有什麼建議嗎？

盡量寫。要對一項活動真正達到熟練程度，不管是運動類或藝文類，估計需要練習一萬小時左右，因此越早著手越好。而且書也要讀越多越好！

怎麼讓作品得以出版？

出版可能是條漫長的路。要是你真想成為作家，我會建議對於出版一事不要太過煩惱，只要享受寫作本身這件事就好。可以寫日記、寫部落格、寫信或寫卡片給家人朋友、替校刊雜誌寫文章、製作自己的小書等等。這些事都能為那一萬小時出一份力，最後，等你寫得夠好時，出版商就會來找你！

關於寫作

你的點子都是從哪來的？

我最出色的故事點子都經歷長時間緩慢的過程：思考、閱讀、研究、衡量、試驗、起草、編輯，以及多次反覆的重寫與改寫。

你的書本標題怎麼想到的？

一個好標題不僅要吸引潛在讀者的注意，也要讓他們看出書裡到底是怎樣的故事。有時我會盡量列出二、三十個最具想像力的標題，然後挑出最能逗樂我的那個標題。我也會對我的讀者試用一些可能標題，確保標題也能吸引他們的注意。

你的故事都是真的嗎？

大多故事起先都源自真實經歷，但我之後會把真實發生的事加以誇大，讓故事更有娛樂性。不過我總是把故事說得好像絕對是真的，不管故事有多離譜。

你如何成為這麼棒的作家？

練習寫作一萬個小時！再加上我把故事重寫好多好多次，直到我寫出了最好故事為止。

你如何讓故事這麼有趣？

我喜歡寫的故事是角色一心想要滿足某種需求或達成某個目標，為此他們什麼都肯做——無論他們做的事有多蠢。我也不斷的問「接下來發生什麼事會最糟？」然後讓事態如此發展。我也試著設想讀者可能會期待劇情接下來如何進行，然後讓故事走向全然不同的發展令他們吃驚。（注：構思出色喜劇情節的過程可能要花好幾天，幾星期，甚至幾個月！）

你寫一本書要花多長時間？

不一定，但大概要十二個月的時間。三個月構思，三個月寫作，然後六個月修改、編輯和潤飾。

我想寫故事但不確定要怎麼起頭，有什麼訣竅？

在紙上至少五分鐘不停筆寫得愈快愈好，這對我很有效。你可以寫回憶、寫人物、寫地方，甚至光是寫你昨天做的事。我覺得自己好像一動筆，就開始有點子冒出來。

我在寫長篇故事遇到困難，因為我不知道如何拉長故事。

著手書寫時別試著寫「長篇」故事。專心寫出地方、人物、寵物、回憶，或是你周遭發生事情的簡潔敘述，或者一連串寫下某項你十分了解的活動介紹，不然也可以用火柴人等角色，簡單構想出八格短篇連環漫畫。長篇故事經常是由這些短篇延伸而來。

你如何讓故事有個好結尾？

確保自己在故事一開頭就替書中角色設下難題。令人滿意的故事結尾通常要揭露難題解決與否，解決辦法越出人意料之外越好！

你書中有角色是取材自真實人物嗎？

有些角色的名字取自真實人物，像「就是」系列書裡的安迪、丹尼和麗莎，不過那些角色是真實人物安迪、丹尼和麗莎的極度誇大版。通常我書中的角色是我和其他人的特徵綜合體。

你真的有個名字叫珍的姊妹？

沒有，現實生活中我有兩個妹妹，不過我想讓安迪有個姊姊，這樣他才能讓他姊在男友面前出糗。

你為什麼在「就是」系列用安迪當主角？

因為對我來說，這樣說故事感覺很自然，好像那些故事真的發生在我身上，儘管故事是虛構的。需要多方試驗才能找出最適合你的敘事方法。

你喜歡的作家是？

我小時候喜歡很多書，理由不一，不過我特別喜歡的幾個作家是路易斯·卡羅（著有《愛麗絲夢遊仙境》）、蘇斯博士（著有《一魚、二魚、紅魚、藍魚》）、艾妮·布萊頓（著有《許願椅》）、羅爾德·達爾（著有《巧克力冒險工廠》）、E.W. 高爾（著有《高爾的有趣圖畫書》），以及海因里希·霍夫曼（著有《披頭散髮的彼得》）。我也很愛看可怕的恐怖漫畫和《瘋狂雜誌》。

你能給我一些寫作訣竅嗎？

拿個練習本每天寫作……一開始每天五分鐘，然後逐漸加長時間到每天至少三十分鐘。透過持續練習，你的寫作能力就能像做其他事一樣有所進步。寫你愛看的故事類型是個好辦法，因為你已經對這類故事所知甚深，知道該怎麼寫。我寫的一本書《從前有個軟泥怪》，書裡全是寫作訣竅！

你能看我寫的故事然後給我一些感想嗎？

很抱歉，不行！我很想這麼做，但真的沒空！

準備好想像力，啟動好奇心，歡迎來到「瘋狂樹屋」！
最無厘頭的雙人組合，展開翻天覆地大冒險，
在這裡，所有想像都能成真！

瘋狂樹屋13層
安迪和他的祕密實驗室

瘋狂樹屋26層
海盜船與死亡迷宮

瘋狂樹屋39層
月球上的屁比頭教授

瘋狂樹屋52層
潛入蔬菜王國大冒險

瘋狂樹屋65層
驚奇時空歷險記

瘋狂樹屋78層
誰是電影大明星？

瘋狂樹屋91層
潛入海底兩萬哩

瘋狂樹屋104層
安迪的牙齒非常痛

★ 翻譯為二十五種語言版本，全世界小孩都愛瘋狂樹屋

★ 曾榮獲澳洲書業年度童書獎、ABIA青少年讀物獎、APA童書書本設計獎、COOL最佳小說獎、KOALA最佳小說獎、KROC青少年小說獎、YABBA最佳小說獎、比利時荷語兒童評審年度童書獎、西澳大利亞青少年圖書獎等多項大獎

瘋狂樹屋 13 層：安迪和他的祕密實驗室

安迪和泰瑞打造了完美的樹屋，最神奇的是能研發出任何神秘機器的「地下實驗室」！泰瑞製造出巨型香蕉，沒想到卻是接二連三災難的開始。香蕉引來調皮搗蛋的不速之客，甚至，樹屋面臨倒塌的危險！是誰想要破壞他們的祕密基地？安迪和泰瑞能安全度過危機嗎？

瘋狂樹屋 26 層：海盜船與死亡迷宮

史上最邪惡的海盜船長「木頭木腦」復活，海盜軍團在樹屋現身了！安迪、泰瑞能和吉兒攜手擊退海盜，奪回自己的樹屋嗎？神奇的飛天貓「絲絲」願意幫忙嗎？快翻開書頁，來一趟穿梭於樹屋與海洋之間的超級大冒險！

瘋狂樹屋 39 層：月球上的屎比頭教授

顧著玩耍的安迪和泰瑞忘了寫新書，眼看著大鼻子先生又要大發雷霆，幸好，安迪發明了會自動寫書的「從前的時光機」！他們只要躺著等機器寫完書就行。沒想到機器卻獨占新書，甚至將安迪和泰瑞趕出樹屋！

瘋狂樹屋 52 層：潛入蔬菜王國大冒險

不吃青菜好困擾！討厭水果怎麼辦？生薑、大蒜、洋蔥軍團即將到來，蔬菜城堡就在不遠處，城牆還是蘆筍做的！蔬菜國民要把安迪與泰瑞煮成湯了！大朋友的苦惱、小朋友的心事，蔬菜王國，我們該拿你怎麼辦？

瘋狂樹屋 65 層：驚奇時空歷險記

安迪和泰瑞最愛的樹屋竟然是「違章建築」，拆除大隊馬上就要來拆房子了！拯救樹屋的唯一方法，就是搭乘時光機回到六年半以前，申請「建築許可證」。沒想到，不靈光的時光機帶著安迪和泰瑞來到六億五千萬年前、六千五百萬年前、六萬五千年前、六千五百年前……

瘋狂樹屋 78 層：誰是電影大明星？

安迪跟泰瑞打算拍一部樹屋電影，「大導演先生」卻找了一隻長臂猿加入，與泰瑞一同演出。最佳拍檔的位置遭人取代，安迪氣壞了，灰心的他只好闖關重重保全，去吃他最愛的洋芋片。沒想到洋芋片只剩下一片，難道是泰瑞搞的鬼？

瘋狂樹屋 91 層：潛入海底兩萬哩

瘋狂樹屋的瘋狂指數快速飆升！安迪與泰瑞這回當起了臨時保母，為了保護小孩，他們掉進了世界上最大的漩渦，潛入海底兩萬哩，接著受困在無人島上，還掉入巨無霸蜘蛛網中。他們找算命師求助，卻想不到最大的危機一直都在身邊！

瘋狂樹屋 104 層：安迪的牙齒非常痛

世界上最痛的牙痛全面襲擊！不用怕，拔牙大隊出動啦！偏偏這時候，一百隻熊開始了史上最慘烈的麵包大戰，聖母峰上的大鳥也來亂！牙仙又遲遲不來救，安迪和泰瑞如何度過樹屋生涯最大危機？！

故事館 14

小麥田

瘋狂樹屋 13 層：安迪和他的祕密實驗室
The 13-Storey Treehouse (Treehouse #1)

作　　　者	安迪・格里菲斯（Andy Griffiths）	
繪　　　者	泰瑞・丹頓（Terry Denton）	
譯　　　者	鄭安淳	
封 面 設 計	翁秋燕	
副 總 編 輯	巫維珍	
責 任 編 輯	丁　寧	

國 際 版 權	吳玲緯			
行　　　銷	何維民	吳宇軒	陳欣岑	林欣平
業　　　務	李再星	陳紫晴	陳美燕	葉晉源
編 輯 總 監	劉麗真			
總 經 理	陳逸瑛			
發 行 人	凃玉雲			

出　　　版　小麥田出版
　　　　　　10483 台北市中山區民生東路二段 141 號 5 樓
　　　　　　電話：(02)2500-7696
　　　　　　傳真：(02)2500-1967
發　　　行　英屬蓋曼群島商家庭傳媒股份有限公司
　　　　　　城邦分公司
　　　　　　10483 台北市中山區民生東路二段 141 號 11 樓
　　　　　　網址：http://www.cite.com.tw
　　　　　　客服專線：(02)2500-7718 │ 2500-7719
　　　　　　24 小時傳真專線：(02)2500-1990 │ 2500-1991
　　　　　　服務時間：週一至週五 09:30-12:00 │ 13:30-17:00
　　　　　　劃撥帳號：19863813　　戶名：書虫股份有限公司
　　　　　　讀者服務信箱：service@readingclub.com.tw
香港發行所　城邦（香港）出版集團有限公司
　　　　　　香港灣仔駱克道 193 號東超商業中心 1/F
　　　　　　電話：852-2508 6231
　　　　　　傳真：852-2578 9337
馬新發行所　城邦（馬新）出版集團 Cite (M) Sdn Bhd.
　　　　　　41-3, Jalan Radin Anum, Bandar Baru Sri Petaling,
　　　　　　57000 Kuala Lumpur, Malaysia.
　　　　　　電話：+6(03) 9056 3833
　　　　　　傳真：+6(03) 9057 6622
　　　　　　讀者服務信箱：services@cite.my
麥田部落格　http:// ryefield.pixnet.net
印　　　刷　漾格科技股份有限公司
初　　　版　2015 年 7 月
初 版 十 刷　2022 年 5 月
售　　　價　290 元
版權所有 翻印必究
ISBN 978-986-91638-4-2
Printed in Taiwan.
本書若有缺頁、破損、裝訂錯誤，請寄回更換。

THE 13-STORY TREE HOUSE
Text copyright © Backyard Stories
Pty Ltd, 2011
Illustrations copyright © TJ & KA
Denton, 2011
This edition arranged with Curtis
Brown Group Ltd.
through Andrew Nurnberg
Associates International Limited

國家圖書館出版品預行編目 (CIP) 資料

瘋狂樹屋 13 層：安迪和他的祕密
實驗室 / 安迪 . 格里菲斯 (Andy
Griffiths) 著；泰瑞 . 丹頓 (Terry
Denton) 繪；鄭安淳譯 . -- 初版 . --
臺北市：小麥田出版：家庭傳媒城
邦分公司發行 , 2015.07
　面；　公分
譯自：The 13-storey treehouse
ISBN 978-986-91638-4-2(平裝)

887.159　　　　　　　104010796

城邦讀書花園
www.cite.com.tw
書店網址：www.cite.com.tw